빈천지교 貧賤之交

매헌현대시선 **012**

빈천지교 貧賤之交
이승구 시집

인쇄일 | 2024년 10월 14일
발행일 | 2024년 10월 18일

지은이 | 이승구
펴낸이 | 설미선
펴낸곳 | 뉴매헌출판
주 소 | 충남 예산군 예산읍 교남길 33
E-mail | new-maeheon@hanmail.net

값 12,000원

ISBN 979-11-988691-2-8(03810)

빈천지교 貧賤之交

이승구 시집

뉴 NEW
매헌
梅軒 出版

머리글

혼돈의 세상!

나무를 사지 말고 산을 사라 한다. 크고 작은 것에 문제가 될 수 없고 곧은 것과 굽은 것 등 나름대로 쓰임새가 있을 터 하나의 조직구성원도 리더의 사람들로만 구성된다면 그 조직은 죽은 조직으로 성장의 한계가 있을 것은 불은보듯 뻔하다. 조직 순혈주의는 기형을 유발하여 자율과 창의가 박탈되기에 높은 산일수록 흙과 돌의 좋고 나쁨을 가리지 않고 받아들였기에 그 높음을 이룬 것일 것 아닐까?

요즘 한여름을 방불케 하는 햇살이 뜨겁게 작열하고 열대야로 잠못이루시는 분들 많으리라 생각된다. 이런 시간! 굳이 누워서 두척이기 보다는 책한권 꺼내놓고 탐독하다보면 어느새 스스로 잠들고 개운한 아침을 맞는 행복함에 이 작은 시집 빈천지교가 작은 반딧불로 비춰지길 기대한다. 그동안 여러 사유를 통해 전해진 우리네 삶의 보편성을 새삼 깨닫기를 기대하면서 진정한 우정이 상황과 환경에 구애받지 않을까 노심초사! 의구심이 드는 시각! 지난 2022년 6월 31일을 끝으로 예산군의회 의장직을 끝으로 16년간의 의정 생활을 마무리하는 고별사! 불출마를 선언했다. 나름 고민의 시산도 있었고 조금의 미련마저 뒤로한채 서민으로서도 변함없는 생활 공간 속에 나의 작은 생각은 얼마나 가치가 있을까? 잠시 내면의 세계로 여행을 떠나 자유로워지기를 갈망해 보면서 제3집 빈천지교貧賤之交라 명명한 시집을 점검한다.

평범한 일상에 부와 지위에 관계없이 진정한 우정을 나누는 관계 의미를 부여하며 새벽하늘에만 보이는 별들조차 저마다 모양과 크기가 다르지만 하나의 목적을 향해 순항하는 그들의 존재가치를 생각하며, 저 높은 곳에서 보는 인간상은 어떠할까? 상반된 생각들로 가득찬 나를 스스로 보이지 않는 대열 속에 함유시키는 망상은 참으로 아이러니. 이 세상에 하찮은 것도 사소한 것도 없으련만 나름 다 존재 이유가 있기에 살아갈 가치가 있는 것 아니겠는가? 가족이 지니는 의미도 그냥 단순한 사랑이 아니라, 누군가 지켜봐 주고 있다는 사실을 알려주듯 순간순간이 기억하는 것이 아니라 기억되는 것은 불변의 이치! 작은 희망이 새싹처럼 누구를 만나도 떳떳한 친구가 될 수 있기를 기대하면서 작을 소망을 담아낸다. 1권부터 지금까지 매사를 꼼꼼히 체크하고 챙겨주신 한고석회장께 감사드리고, 예산문학의 큰산! 43년 여를 아우러 주시는 신익선고문님! 또한 빈천지교의 평론을 기꺼이 수락해 주신 김명수 한국문인협회 충남지회장님께도 감사드린다. 이분들이 계시기에 문학발전은 물론 모진 수훈水薰 인생에도 용기를 더해본다.

2024. 10.

이승구

머리글   004

제1부
내일을 기약하며

각본의 끝   012
건강   014
공정과 상식   016
끝까지 한 몸 되기를   017
내일을 기약하며   018
너 같으면   020
당신   022
기도   024
님의 침묵   025
덕봉산 1   026
덕봉산 2   028
배려   029
도라지   030
기세氣勢   031
덕향문학   032
망중한   034
애욕   036
무식無識   038
밝은 세상   040
고뇌   042

제2부

도道가 아니다

도道가 아니다   044

부탁   045

산사에서   046

횡포   048

산·물   050

산정 1   052

산정 2   054

山에서 1   056

山에서 2   058

山에서 3   060

山에서 4   062

삶   063

삼짇날   064

생활 가치   065

송松이의 멋   066

침묵   067

슬픔에게   068

숲 향기   070

시간   071

야유회   072

알 수 없는 그리움   074

제3부
서리 내리다

서리 내리다	078
유비무환	079
신뢰	080
용인가 했더니	082
위대한 선택	084
새옹지마	086
인과응보	088
주마등 같은 세월	090
하루	092
침묵은 금	094
하나로 기억되기를	096
작품이 되는 순간을 위하여	098
한낮 꿈	099
행복	100
행복이란	102
행여나	104
현실에 대한 긍정	105
눈 길	106

제4부
겨울나무

겨울나무　　108

겨울 숲　　110

국시를 제일로 삼고　　112

귀천　　114

능소화　　119

망각의 세월　　120

냉혹한 추위　　122

네가 있음에　　124

당신의 길　　126

대한大寒　　128

덕목德目　　130

덕봉산 4　　133

덕봉산 5　　136

덕을 논하다　　138

덕 있는 자　　140

동녘 하늘이　　142

새벽하늘　　144

탐천지공貪天之功　　146

제4부
겨울나무

옥녀봉 산행　147
세월의 무게　148
수철리 체육공원　150
용굴산 둘레길 따라　152
용굴산 위 석불　154
용기　156
존재의 아름다움　158
파크골프의 묘비　159
천변 산책로　160
피곤한 삶　162
홀로서기　164
눈보라　166

<평설>　170
지성과 덕성을 갖춘
겸손한 정치가이자 예의 바른 문인
김명수(시인, 효학박사, 충남문인협회장)

제1부

———

내일을 기약하며

각본의 끝

덕도 없는 불쌍한 것
천둥벌거숭이
명이와 다를 것도 없다
하늘도 노 했나?

봉우리 올라서자
찬 서리 내리니
처서에 비틀린 모기주둥이처럼
어린 망아지 짐승 같은 포효다
마지막 발악인가?

산 넘자 낭떠러지라
설 곳조차 없음을 어쩌랴
자초한 그 슬픔

산들바람도 때론 감당키 어려운 법
가치를 잃도록
탐한 한계다

행동하는 바람잡이란?
늘 희미한 박수갈채에 속아
자초한 일
끝내 자신의 가치를 발견하지 못하고
비명횡사非命橫死한 사향노루처럼
원망치 말라
각본은 거기가 끝이란다

건강

덕 있는 삶을 찾아 내가 나아가야 할
새로운 길은 뭘까?

봉우리 밑바닥에서 싹튼 신의 한 수
첫째가 건강이다
건강은 여전히 누군가에 소중한 가치다

산길은 인생길처럼
누구나 넘어지지 않고 걸을 수는 없다
다만 조심하고 대비할 뿐이다
세 가지 결단
정신을 흩뜨릴 음주를 버리고
삶을 갉아먹는 유희도
시간을 빼앗는 파티마저

산을 스승으로 삼되
책에서 스승을 찾고
행적을 팔로우하고
생각하는 연습을 하다 보면
성장을 위한

마중물이 되지 않을까?
나이는 사치에 불과하다

행복을 만들기 위해 실천하고
모두에게 알게 하며
분명하게 선을 긋는다면
구체적 상상으로
플랜을 실천할 수 있지 않을까?

나쁜 습관
불필요하게 소비되는 시간 절약하여
책을 읽고
나의 영혼을 살찌울 수 있다면
우리는 분명
더 큰 안목으로 세상을 보게 될 것이다

공정과 상식

덕과 예로써
삼권분립을 통하여
국민을 섬기며

봉오리 부풀어 오르는 3월
공정과 상식이 통하는
정의가 살아 숨 쉬는 나라 되길

산과 물과 나무와 바람까지 하나 되기를
너와 나는 물론 이웃까지
단호한 응집력으로

산사태와 태풍이 몰아쳐도
결코 두려워하거나
회피하지 말라

행복은 주어지는 게 아니라 쟁취하는 것
결코 방심하거나
또다시 빌미와 기회를 준다면
그것은 몰락을 의미하니까

끝까지 한 몸 되기를

덕봉산 잣나무 머리 풀고
햇살에 알몸 내민 채
헝크린 머릿결 내 맡긴다

봉우리 흩뿌려진 잔솔가지
원래 한 몸이었나?
오늘따라 빈틈이 없이 널브러진 걸 보면

산자락에 걸터앉은 생강나무도
먼발치 봄소식에
눈알을 있는 대로 부풀리는데

산 아래
정신 나간 처자 심술이 또 도졌나 보다
목줄 풀린 진돌이
짖는 소리가 심상찮은 걸 보면

행복 잊은 한 많은 땅
귀밑머리 잔설이 일렁일망정
끝까지 한 몸 되기를

내일을 기약하며

덕봉산 중턱
유난히 각진 수정체의 현란함
장마 끝에 내려앉은 안개 속을
살쾡이 삶처럼

봉주에 다가서자
갈 기
곧추세우며
두 발 모아 긁는다

산그림자조차 적敵인가?
해면 태양 빛에 내맡긴 모래처럼
이글 오글
가슴 일렁이는 부정자들
빨대 같다

산의 정기
소름 돋는 몸 짓하며
출렁이는 행동은
도치처럼 세웠던 갈기도

눈빛 사그라들며
적아마저 살 속에 묻어놓고
내일을 기약한다
그게 습성 아닌가?

너 같으면

덕과 선율을 논하다
하얀 속살 드러내듯
피자 한 판
치킨 한 접시
독특한 향조차 조건 없이 전해 진다
자신이 창조한 예술적 가치를 기조로
감성을 자극하려나
험악하지만
아직은 살만한 가치가 존재함에도

봉한 지 수년
그렇다고 자리 잡지도 못하면서
모두에게 외면당하고
어찌 느끼지 못하는가?
미친년 널 뛰듯
넘어지고 자빠지고 뒤집어져

산 앞에 주저앉아 통곡하더니
오 계절 내 내 변치 않는 빛바랜 넝마
모르쇠로 일관하는 자체가 불가사의다

산정에 팽개친 망개라도 팔아 투잡하라며
오름도 힘들고 고달프긴 마찬가지
아직도 느낌이 없으신가

행여나 묵은 세월 혹독한 경험
모두 잊기를 바라는 건 아니겠지
어리석기가 하늘을 찌른다
너 같으면 잊을 수 있겠니 이 문딩아

당신

덕봉산 정상
신들린 몸짓
제 몸 삭힌 먹이사슬
한 방울까지 털어내
결실 맺기를

봉우리 탈곡된 채
어려운 이웃 위해
언제든
어느 때든

산울림이
통곡되어
심해진 갈증
당신이란 의미였음을

산 넘고 물 건너
서북쪽 꼬작지
그 한쪽마저
밟고 지나치기를

행동으로 보여준
생각의 깊이가
오늘따라
오열로 번지지 않기를

온통 흰 옷 입고
뭉칫뭉칫
마음까지 희어지기를
메리 크리스마스
모두 모두 건강하소서!

기도

꽃피는 4월을 보내면서
어느 어머니와 아들!
뒤늦게 후회하고 자책하며
수년째 치매로
고생하시는 어머니를 보필하는 외아들

예당호와 수덕사 추사고택
대천 해수욕장은 물론 수목원 등
틈나는 대로 어머니를 모셨다

시간이 지날수록 병세는 악화되어
회복은 힘들어지고 마음만 동동
야위어 가는 어머니를 대 할 때마다
가슴이 쓰리고 아파온다

등불을 밝히며 기도 한다
부처님의 자비를 베풀어 주세요
하느님이 도와주세요
어머님의 병환을 낫게 해 주세요
기도하고 또 기도 합니다

님의 침묵

용이 울부짖다
잠방산 잠뱅이의 탈각 소리가
우리 가슴을 떨어 울린다

굴속 같던 아득한 시련의 연속
끝내 지켜낸 지조 뉘라서 탓할까 마는

산천초목도 벌벌 기던 무지렁이 시절
폭거에 맞선 그 거대한 외침은 또 뭣인고?

산은 말할 것도 없고
바다마저 풍랑에 휩싸였음에도

행동으로 보여준 서른 하고도 셋
기침 소리에 놀란 혼 되고
님의 침묵으로 세상을 달관한
오후 한나절이 안타깝다

덕봉산 1

덕봉산에 핀 향기
세월의 속에 숨어들어

봉우리 밑에 있을 것 같던 그가
내 그림자였음도 모른 채
오늘도 한가득 쓸어 담는다

산울림과
내 영혼과
내 마음과
그리고 미소 안에 담긴 배려와 사랑까지

밥만 먹고 살 수 있는가?

모든 만물은 생명 유지를 위해
필요한 에너지를 충족시켜야 하듯

산중 영생
인간사 새옹지마라지만
덕을 갖춰야

소통이 원활해지고 부드러워짐을

내로남불로 떡칠해 놓고
결과에 책임은커녕 남 탓만 하는
참으로 몰상식의 극치를 요즘 보고 있다

견犬같은 것들이
양羊같은 세상을 나무라다니

그때나 지금이나 더 이상 안 봤으면 좋겠다는 사실을
그들은 알기나 할까?

행하는 덕은 복을 불러오고
화禍도 피할 수 있음임에도

재앙의 문門
'구시화문'이란 경구가 결코 가볍지 않다

입조심!
삶이 존재하는 한 진리며 덕悳 아닌가?

덕봉산 2

덕봉산 낙엽
등산화에 짓이겨져 토설하는 비명 소리
간쟁이의 칼 맞은 고등어와 뭣이 다르랴

봉우리 오를수록 삭쟁이는 분리되고
너저분한 내장만 쏟아 낸다

산전수전 공중전이 뭔 말인지?
중심은 간 곳 없고 생계마저 어둡다

산 아래 토굴 속 몸뚱어리 숨긴 채
언제 달려 나올지 허술한 몸 짓

행동 따로 마음 따로 옴짝달싹 못 하고
밑바닥은 어드멘가
보이지도 않는 한 낮이다

배려

- 'The Lunch Date'를 보고

덕과 배려의 감동적 영화
'The Lunch Date'

봉오리처럼 우아한 귀부인의 싱어 송
산에 걸렸던 해가 꼴딱 넘어가는
그 순간에도
산속 고독자를 자처한 그 처자의
오만방자에 맞서
여유롭고
넉넉한 마음으로 오롯이 행동으로
행복 그리고 소통이 뭔지를 보여 준다

요즘 우리 사회에서 겪고 있는
무지로 이 사회에 미칠 수 있는 단막극들
오직 자기뿐이고
몰상식한 남 탓 시대
전당포에 맡겨진 품격 잃은 사회
거기다 국가관마저

도라지

덕봉산 봄바람에
훌쩍이던 코 흘리게
가랑이 사이
복사꽃 피어났구나

봉오리마다 뽀송뽀송 솜털
사정없이 봄빛에 떨궈 내더니
붉은 선혈 흩뿌리는 걸 보면

산중 세월
가는지 오는 건지
나이값을 제대로 하려는가

산 아래 양지 모퉁이
아직도 시린 바람 사나운데
뾰족이 얼굴 들이민 도라지 새싹

행운에 기대지 말라며
시작된 너의 작은 일부가
세상 만들어 감이란다

기세氣勢

덕을 기대했던 건 아니지만
참으로 가관이다

봉지마다 썩은 내가 진동해도
죽자 살자 달려드는 하이에나 무리들

산림훼손이 무슨 대순가
때맞춰 불어준 기세가 반갑기만 한데

산! 그 오챠-€ 외는 답이 없나?
노여움 자초하니

행여나 란 말 기대도 말거라

덕향문학

덕향문학 창작자의
기본 소양이기도 한 예민함
감수성으로 인해
예술가로서의 삶에 지쳤을 때

봉우리 홀로 앉아 고독에 대한 진리 찾아
고통을 기꺼이 품어주고
헤아림은
누구에게나 의지처가 된 것이 아니랴

산 넘어 때아닌 더운 바람에
최근 몇 년 사이
함께 스터디를 꾸려 결실을 맺게 됨도

산중 발 딛고
소외받아 희생되던 삶을 위해
선구적 문필가
엽이가 떠오름은 왜일까?

행위적 믿음
강요된 수행과 명상
까마귀 울음소리는 들었는가?
차라리 두 발 딛고
자연과 지혜 나눠
더 행복한 현실 찾으라.

망중한

용이 살았다간 텅 빈 자리
굴속 같은 덤불 헤치니
탐욕의 전설 가새 바위 탈해사
깔딱 고개 숨넘어갈 즈음
명상하며 심호흡하는 치유 숲
금 까마귀 울부짖어 점지해 준 천년 사찰
향천사의 큰기침 소리

산사에 들려
시원한 냉수 더위 식히니
산 아래 웅지 튼 마을 굴뚝 연기 멋스럽다
정지된 화면처럼 움직임 없는 푸른 물
보는 것만으로도 가슴이 평안하다
때맞춰 불어준 바람결
냉풍 욕이 더할 나위 없이 행복하다

산 중턱 전망대는 또 어떠한가
벌러덩 누워 명상에 젖어 들 사이도 없이
쏟아지는 잠 겨우 물리치고
숨 고르며

천상천하 유아독존을 읊조린다
안정된 마음 이곳이 천국 아닌가?

행동 민첩한 날다람쥐
벌써 등성이 넘어
길동이 축지법이 환생했나?

애욕

덕봉산 오르니
저 멀리서 들리는 물의 노랫소리
오늘따라 느낌도 다르다
때맞춰 바람에 실려 온

봉우리 아래 가락 소리에
요동치는 갈잎들
기쁜 듯 슬픈 듯
아우성에 가깝다

산림에 깃든 숲의 감성들
그래서 가끔 소리 지르나
우르르 룽
목마른 애욕같이

산 한켠에
자빠지고 쓰러지고 넘어진
나른한 갈대들도 수명을 다한 듯
마음은 콩밭에 있다
지켜져야 할 관념마저 버린 채

행여 너라도
치기 어린 삶에
나를 반기니
목마른 애욕의 출렁임인가

무식無識

용굴산 오르는 길
어쩌다 견상
그중에 하나는 문견이고
이견인데
그저 웃어 넘기엔 숨은 뜻이 고약하다.

굴절된 세상사
누군가는 선견과 편견으로
엇갈린 표정
평소 잘하란 말 귓등이더니
부엉이 손짓에
심장을 조여진다

지난 세월 휘돌아 본들 내로남불뿐
교만이 죄의 근원임을 어찌 모른 채 하랴

산중 고혼
못난 송아지 엉덩이 뿔
그 이름 거룩한 꼴불견이라
풍월로 살아온 죄

바로 광견 아닌가

산머루조차
보여지는 게 다가 아닐진저
그래도 혹시 나가
역시 나로 보이는 눈도
일가견마저 없다 하더이다

행위마저 막무가내
무식이 판을 치고
멋대로 정죄하더니
이를 일러 명견이 갈 곳은
오직 불지옥뿐이더라

밝은 세상

덕봉산에 잡초 없듯
우리에게 꼭 필요한 곳
있어야 할 곳
뻗대고 뭉개면
잡초가 되는 것 아닌가?

봉우리처럼 타고난 아름다움도
보리밭에 솟아난 밀알처럼
앉을 자리 설 자리 가리지 못해
피 뽑히듯 버려지는 삶을
삶이라 볼 수 있겠는가?

산 넘은 글 밖 세상
귀한 그대
그 무엇과 비교되랴 만
타고난 끼를 펼쳐
들풀 같은 아우러진 자연의 아름다움
만드시길

산삼도 잡초가 될 수 있고
이름 없는 잡초도 귀하게 쓰임 받는
밝은 세상 만들기

행여나 지난 일에 움츠리지 말고
선한 영향력
감사할 줄 알기에
잡초 되지 말길
현재의 자리
가장 좋은 자리라 생각하며
이웃되어 살아가는
복된 사람
어느 자리에 있던
사랑받는 이웃되길

고뇌

덕봉산 산정에 오르자
백 가지 고뇌가

봉우리 따라 몰려든 안개 무리에 묻혀
생각은 겉으로만 맴돌 뿐

산정을 찾는 나그네 위해
초막 하나 세워줌이 어떠신가?

산은
고요함을 지키려는데
난데없는 고양이 울음소리
분별조차 잃으셨나

행동하는 양이를 보기는 했는가
잘못된 편견
자욱한 먼지 속
돌사자 울음소리에
그가 어찌 울 수 있냐는
해태상은 뭐꼬

제2부

———

도道가 아니다

도道가 아니다

덕이 없으니 밖을 헤맨들
아픔만 더하고
그르칠 뿐

봉침을 구해 뭣에 쓸꼬?
이름 석 자 쓰일 곳이 없는데
네 눈 부릅뜨고 설한들

산도 없고 물도 없으니
바람 또한 사라진 이 마당에
버려진 도는 도가 아니다

산마다 생각이 미쳤는가
그나마 경계에 휘말리면
그게 불멸이니라

행위가 과하면 명치끝이 아픈 법
쉽지 않은 살풍경은 그때부터다
늘 허둥거리는 네 모습은 거기까지다

부탁

덕이 없음에 우리가 버리지 못했던
보잘것없는 눈 높음과 영욕까지
이제 스스럼없이 버리고

봉투에 적어 보낸 사연마저
내 마음 슬픔 담겨
모두를 더욱 아리고 아프게 하기에

산 중 사람에게 전해질
희망이 짧아진 것을 아쉬워한다

산새가 반기던 그 시간들
하루하루가
마지막 날인 듯

행복에 반하는 것들 중
곪고 썩은 상처
있는 힘 다해 맞설 수 있기를

산사에서

용굴산도 모르시나?
굴속 같은 숲을 지나
해탈한 산사
그 절이 바로 유명한 탈해사
그 안창 너머 꼬작지 끝머리
치유의 숲이라
숨이 턱 끝에 찰 즈음
금 까마귀 전설 깃든 향천사

산사에 들려
시원한 물 한잔 청하고
산 중턱 전망대
벌러덩 자빠져
숨 한번 곧추세우니
세상만사 뉘 있어 부러울꼬

행동 민첩한
날다람쥐 스님
벌써 등성이 넘어 목탁 소리 요란하다

무협지에서나 쓰인다는
축지법 쓰셨나

횡포

덕봉산 정상 석양빛 머금으니
영은 향기롭고
혼마저 아름답다

봉오리 방울진 이슬 갱이
가슴에 담기 바쁜데
갑자기 들려온 굉음

산이 무너질 듯 요란하다.
A 코스로 산행 중 축지법?
B 코스에 착지
아이고 사람 잡네
헉! 헉! 헉!

산중 등산로에
산악오토바이라니
경고문과 목책은 무용지물

행위로 봐서는 당장 요절을
아직도 내가 공중 부양하는

20대로 착각하는가?

가르칠 게 없다
하산을 명 하다

산·물

덕봉산이 자유대한이라면
소통을 통한
빼앗긴 남북 섬의 환수를 도모하되

봉우리를 지키는 국방력 강화는 필수
KF와 우주산업은 주력산업으로
성장 틀을 만들고

산전수전 겪어본들 믿을 놈이 있던가
김가나 시가나
핵발전소 없앤다고
살쾡이가 토깽이 되겠나?

산은 산이요 물은 물이로다 를 논함은
핵잠수함개발로 집을 지켜야 할 것이며
반도체, K푸드, 중소기업육성
원자력발전은
경제발전의 근간임을 왜 모르는가?
신소재 개발 또한 미룰 수 없다
미·중 등거리외교는 일 러의 견제구며

주한미군 존재는 절대 가치다

행여라도 방심하면
삼면이 호구 지세라
호랑이 앞에 놓인 생고기 신세 아닌가?
국력 증진 외에는 답이 없음에도
국가 정체성은 실종되고
당쟁은 끝 간데 없음이다
오호 말세로다

산정 1

용굴산 햇살이
세상과 발맞춰 지기를
한발 두발 호흡에 맞춰 내딛는 발걸음

굴뚝 위로 올라선 연기 흩어지듯
재촉하는 사람들 있었던가?
눈치 볼 것도 없으련만

산에 오르는 일에 욕심부린다
갑자기 떠오르는 경귀
인무원려 난성대업人無遠慮 難成大業이라

산정에 서고 보니
멀리 앞을 보지 못하면
큰일을 이루기 어렵다는 말을
되새김 질 하련만

행하는 일마다 억지며
횡포며
약질이다

그런다고 뜻대로 되는 것도 아니던데
그쪽은 네가 있고
이쪽은 내가 설 자린지라
한쪽으로 기울도록
널 따라 보폭을 넓힐 필요는
없지 않겠느냐?

산정 2

덕봉산에 오르자
바람 그림자는 흔적을 남긴다
그게 당신이 보낸 방법이라도 되는 듯
코 앞에 보이는 땅덩이가 내 것인 냥
네 발 뻗고 안방 차지한 상수리란 놈도
여름 내내 입었던 털모자마저
미련 없이 팽개친다

봉우리 오를수록
분노는 우리 얼굴을 치고
그의 날개로는 미지의 세계로 데려가
원점으로 돌려놓는
당신이 만들었던 방법
나는 지금도 네가 존재하는지 궁금하다

산 구름조차 어젠 내 주변을 서성이더니
소용돌이 속에서 계속 돌고 돌아
같은 사다릴 탄 너는 어디로 가는지?

산정에 선다
그리고 나신裸身을 돌아볼 기회를 얻고 보니
오늘도 어김없이 같은 곳으로 맴돌아
왔다는 걸 발견하게 한다

행복이 있기에
사랑도 할 수 있다는
널 처음 본 그곳
기대해도 좋다

山에서 1
- 혼자 살기

덕은 기억하고 배우며
낭비하지 말라

봉사 또한
직시한다는 것이 어렵듯

산 사람이
전력을 다할 준비가 부족하다면
죽음마저 넘어설 각오가
아직은 부족한 탓이리라

산 중 생활을
어찌어찌 살아야 삶의 주인이 될지
갈지자로
이어졌다 끊어지기를
우리는 여행자 아니시던가?

행동조차 목표 없이 흐르는
이 여로가
다른 이가 아니라

바로 당신

죽음을 직시한다는

그대는

전력을 다할 준비는 되었는가?

망念!!!

아직도 탈脫의 각오가

부족한 탓이리라

山에서 2
- 괴석

용쓰다
세월은 덧없이 흘러
뒷방 늙은이 되었나
새로운 결계가 없으니

굴레의 틀을 벗지 못 하는구나
무심한 건가?
멍청한 건가?
바람불기만 기다리다니

산중 괴석
은유덩이 어찌할꼬?

산천초목
일그러진 잎사귀들

행은 뭐고
사는 무에더냐
냉혹한 현실을 직시할
인재조차 없다니

아~ 슬프다
이 아픔을 어찌하랴
가슴에 묻는다는 것이
얼마나 쓰라린 건지
너는 아느뇨

山에서 3
- 기쁨

덕깽이 진 빙판길에 발목 잡혀
주름살 더해지나
쉬지 않고 달려온
넉살 있는 삶도

봉우리 앞에 서기만 하면
샘솟는
삶의 무게
겨울지나
새봄 맞는 것처럼

산속 응달진 뒤란에 닥친 폭풍
쌓였던 눈발 난무
신들린 망나니가 따로 없다

산행은 생활의 일부
비가 오나
눈이 오거나
즐길일이지
기피할 이유는 없는 것처럼

행복이란 그런 것
관점을 향해
더 나은 디딤
즐기는 날

山에서 4
- 멋·맛

용트림
겨우내 죽은 듯 잠들었던 산하가
서서히 트림하는 시간

굴속 냉기 몸서리치더니
보이지 않는 저 음울한 곳에
따뜻함이 묻어나는 걸 보면

산행하는 멋과 맛
진한 술맛을 음미하는 것처럼
삶의 향기로

산 중턱에 자리 잡은 가새 바위
일체유심조라
마음 그 자체를 버림이 아니기에

행하는 자
대 갱에 조미하지 않듯
내 마음에 간하지 않으리라

삶

덕이야 있고 없고
어찌 저렇듯 팽개치는가
산행길 목

봉우리 넘자 천 길 벼랑이라
산자락 뒹구는 처참한 모습들
잎사귀 몇 개 부여잡고
통곡하는 그와 무엇이 다르랴

산세의 험한 꼴들
혈 귀의 발톱처럼 날카롭다
무엇을
누구를 위함 이런가
내려놓으면 피안인 것을

삶의 몸부림
오늘따라 풍경과 사물 사이
바라보는
그 순간순간이
우리가 처한 삶의 관점 아니겠는가

삼진날

용기도 없는 것이
날 수는 있을까?
오늘은 시험 비행하는 날

굴절된 전깃줄에 앉아
차례를 기다리며
조잘조잘 지지고 볶기에 여념이 없다

산 너머 남촌 먼 길 마다않고
태풍 피하며
빗 사이 뚫고

산 좋고 물 맑은 수철리 계곡까지
형제자매 사랑 나누며
오늘도 창공을 누빈다

행동하는 제비여!
그대 인고의 세월
어미 따라 아비 따라 강남을 기약한

생활 가치

덕은 부富의 축척蓄積과 권력權力
그리고 명예名譽를 얻었을지라도

봉화 치솟듯 겸손謙遜과는 격이 다르다.

산과 산이 연결돼
배려配慮하는 마음과 베풂이 생겨나듯

산이 보여준 절제節制와 검소儉素
생활 가치가 그것일 것이다.

행여 우리 사회가 타락한 자들
가진 자者만 하랴 만
보기 드문 거목의 순응順應이기를

송松이의 멋

덕봉산 찬 서리
푸르던 얼굴에 복사꽃 피었네
머루주에 취했나
이 와중에 돌출하다니

봉우리 오를수록
냉한 기운에
몸겨누운 모습 애처로운데

산중 무골
아직도 변함없는
송松이의 멋스러움은 그대로 건만

산지사방
비루먹은 망아지
배 배 펜 몸통 하며

행여라도 몸살 날까?
동토에 봄바람 고대하는지
송담만 탐하는구나

침묵

용의 눈물
새로운 창조가 없는 한

굴레의 틀을 벗어나지 못하지 않겠는가?
용두사미龍頭蛇尾란 그런 것

산이 태동하듯
삶도 기대처럼 순탄치 않음에랴

산 그 궤 속에 숨겨진 침묵!
우거진 숲들

행복도 사랑도 미련도
가치 나름인 것을

슬픔에게

용서가 안되는 너
인생 실패는 끝이 아닌
포기했을 때임을

굴레야 세월아 흔들질 마라
여운마저 떠난 자리
살아온 날들이
삶의 메탱이 되고
홀연히
고독 씹어
슬픔이 고개 내밀 때

산 내음 홀로 키운 사랑
어쩌란 말이냐

산 아래 비틀린 망초대와 잡초마저
무너진 담벼락 끌어안기를 서슴지 않는
주체할 수 없는 가슴앓이
마지막

보잘것없는 영욕

슬픈 간직한 그들에게 나눠지기를

숲 향기

덕봉산 향기는
40만 개 향기 중 몇 개나 해당될까?

봉우리에 묻어난 그린
세포에 발현한 후각수용체

산속에 겨울잠 든 채 온몸 썰렁하다
언제쯤 깨어나려나
낯선 환경 너나없이 내 남 보살이다

산 중 6부 능선은 아직도 동토의 땅
차디찬 냉기 머금고
향기가 기억을 소환한다는
프루스트 효과인지 안개만 자욱하다

행위 예술로 승화한 듯
잃어버린 시간 찾아
그린우드
숲 향기 온산 가득 머금었다

시간

덕이 도가 되니
봉우리 파괴는 옳지 않다
쟁을 피하고

산사에 자빠져
산 중 고혼 될지라도
행인가?
비인가?
어데서 왔다 어디로 가려는가?
시간은 미래가 되지 않는다
주어진 과제
새로움을 창조할 수 있는
마지막 수
그게 최선이니까

야유회
- 안면도에서

안전한가?
믿을 걸 믿어야지
위험은
나를 좀 먹게 하고
바람에 스치듯
상식 따위가 단숨에 무너질 터

면면히 이어진 모진 삶조차
연기처럼 사그라진다
생生인가?
살殺인가?

도무지 가당찮은 속셈으로
세상을 기만하고
외면하기를

야리한 세태지만
아직은 견딜 만 하기에
파도 같은 격정에도
흔들리지 않는 영혼 붙잡고

유치한 논쟁과 체제에 갇히지 않으며
행하기를
희망을 갖지 않으랴.

회화적이고
시련일지언정
가치조차
마땅찮은
시린 정령
어디가 시작이고 끝인가?
하늘은 높고 푸르건만

알 수 없는 그리움

덕은커녕 절규의 외마디 소리가
가슴을 저며 온다.

봉우리마저 벌겋게 벗겨지더니
부뚜막에 새우처럼 웅크려
잠들었던 그때

산등성이 넘어 전해온 꽃바람도
매몰차리만큼 던져진 그 슬픔 어쩌랴
세월의 그림자만 아득하고

산도 나도 넉넉지 못한 생각으로
아물지 못한 시린 상처
가물가물 기억 밖 일이 되었구나

행복!
맛을 알기도 전
그냥 말없이 떠나버린
알 수 없는 그리움이 가득한 밤이다

어느 날의 슬픔
힘내소서

빈천지교

이승구 시집

제3부

서리 내리다

서리 내리다

덕봉산에 그 남자
뒷모습이 선달처럼
직성이 우직할 뿐
안 안팎이 흐르는 물찬 제비다

봉이처럼 그게 정 중 동 이려나?
완만하다가
폭풍 같은 격정이
몰아칠라치면

산처럼 무심하기는 마찬가지
알 수 없는 봄기운이 여름 지나
어느새 찬 서리 내려
시린 냉기 쏟아 놓는데

행동은 굼뜨고
쌓인 낙엽은 왜 긁능겨
어느새 찾아온
등성이 걸친 석양빛
벌 걸음만 재촉하는 오후다

유비무환

용트림하는 우크라이나 사태를 보라
힘없으면 당한다는 사실을

굴종을 평화로 오인했던 94 부다페스트
양해 각서 한 장에 무장해제 하더니

산전수전 공중전에 피박살 난 우크라이나 국민들
지난 5년 생각만 해도 아찔하고 끔찍하다
굴종 외교 GP 철수 무장해제 대변인

산하를 포기한 종전선언 평화협정이
체결되었다면 지금쯤 자유대한민국은
어찌 되었을까?

행복은 커녕 우크라이나처럼
위기를 초래했을 것이다

신뢰

용기 있는 자여 그대 이름은 걸물이니라
코로나에 다리 걸려
자빠지고 넘어지고 깨질망정

봉이 선달에게
오늘을 일깨워주고
너와 함께

산에 올라
예禮를 지키니
절도節度를 넘지 않는 것이요
의義로서 스스로 나가지 않는 것이다
결廉이란 결코 잘못을 은폐하지 않으며
치恥로서 그릇됨을 따르지 않음이다

산처럼 고요한
올곧은 믿음과 신뢰
그것은 본연의 가치다
자유롭게 법과 공정을 논하니

행복의 첫걸음 아니랴
치恥를 멸해
심장을 다시 뛰게 하고
줏대 없는 안보보다
내실을 다지니
무너진 민생에 희망을 주는 것이다

용인가 했더니

용인가 했더니
이무기!

굴속엔
펄펄 끓는 용암천

산비탈에 비늘 갈아대니
날카롭기 송곳 같다

산언덕에
현신 또 현신

행여 구름인가
태풍일까

왜 갑자기
왕부王符의 구사설九似設이 떠오를까?
머리는 낙타
뿔은 화려
놀란 토끼눈하며

소귀는 웬말인가?

코는 돼지 코

목과 몸통은 뱀의 형상으로

조개껍질 붙이고

미끌미끌한 비늘에

매 발톱이라니

거기에 다리와 손바닥은 호족狐足

조폭인가?

초월적 괴물!

역린逆鱗임을

대비는 하고 있는가?

위대한 선택

덕깽이(더껑이)진 마음이 한순간 녹아내린
3월의 혁명!
국민의 선택은 탁월했고
안보와 경제의 절실한 외침이었다
너는 아는가?
아직도 반성 없는 악다구니를

봉퉁가리 진 행태는 그 끝이 없고
알 박기와 난석은 빙산의 일각
지선 횡포로 이어질 최후의 발악
뒤통수는 조심조심
계획된 흠집 내기
대가 집 경사로 초가 허물면 큰일

산 너머 남촌서는
부끄럼도 모른 채 굴종만이 최선
아오지가 그립나?

산은 늘 그 자리 있음도
광란과 음해만이 살길인 양 착각치 말라

곧 불지옥이 뭔지
실감하리라

행복하게 해준다는 말
믿지도 않았지만
빚 폭탄!
너라면 어쩌겠니?
원숭이 흉내 낼까
아니면 푸과*를 보내 주랴
선택은 자유!

* 푸과 : 아직 덜 익은 푸른빛이 나는 과일

새옹지마

덕도 없는 것이 기대가 너무 컸었나
단 5분 여유도 없었던 걸까
참으로 모진 인생일세그려

봉우리 낮을세라 치적이 중하긴 하지
년 중 절반 세월이 아깝다
인간사 새옹지마라
갑자기 회남자의 인간 훈이 왜

산 높은 줄 모르고 날뛰던 문가나
명이를 탓할 것도 없네
한 올 두 올 실밥 터질까 걱정도 팔자

산전수전 독야청정 하라하네
아가리는 뭐고
주둥팔이는 뭔가

행동 따로 말 따로
질투와

욕심이 하늘을 찌르는
저 푸른 산에 걸린 흰구름이 부럽다

인과응보

용기가 없음이니
닥친 두려움 어쩌랴

굴종 외도와
역설적인 나약함

산 새 울음에 시선조차 민망하다
명과 예란 그런 거니까

산들바람에 냉기 돌 듯
감히 토 달기도 힘겹겠지만

행동하는 독심에
움츠리는 문풍지 떨림이 더 추하다
그 누가 있어 널 탓하랴
네가 보낸 노망된 자 길 떠난 지 오랜 걸
인과응보를 알기는 하나

진달래꽃
다람쥐도 자유를 만끽하건만
꽃길 외면한 죄 결코 작지 않다

주마등 같은 세월

덕도 없는 것이 어이없음을 탓하며
찰나의 시간을 가른다
꽃 같은 아름다운 연일 망정
늙고 병들면
다 무용지물인 것을

봉오리 양지바른 곳
서러움 복받쳐
간혹 성격차라는 이유로
다시는 내려앉지 마시길

산이여!
서두르지 말라
언젠가
갈라쳐야 할 운명이라면
때를 말하지 않았을 뿐
울지 않는 가슴 없으니

산!
그 찰나의 순간에도

결국에 남는
고독한 여정이란
사실을 알아야 함이다.

행 할지라도
예외는 아닐 것이기에
뒤안길에서
누군가에게 위로받고
더 늦기 전 해 볼 일이다.
주마등 같은 세월
두 눈은 말없이 촉촉해 질

하루

덕봉산에 올라
하루를 부여잡는다.
아직은

봉두난발이 따로 없다
헝클어진 머리처럼 마음도 헝클어진다
어떻게 돌아서면 흩어질까?

산길을 가다 돌부리에 걸려 넘어진 듯
주체할 수 없는 하루였다
곤혹스럽다

산정에 서서
마음 비우니 고요함이 주인이다
채운 것이 없으니
세상이 넓어 보이는 것을

행색은 초라하지만
토굴 같은 숲 속에는 새소리 물소리
바람 소리마저 정겹다

새벽부터 저 멀리 전라도 광주까지
헛발질한 부족함을 어쩌랴
죽기로 뛸 수밖에

대나무 속살 걷어내
골짜기 물 끌어내니
쫄! 쫄! 쫄!
귀가 즐겁다
승냥이도 힘겨워 오를
경사진 터에
오막살이 지어놓으니
집이 집 같지 않다만
누군가에게는
그 포근함과 아늑함을
그 뭣에 견주랴
마음으로 그려 논
석양빛에 비친 석몽夕夢인가?

침묵은 금

덕은
상선약수
부쟁不爭의 덕德
최상의 선은 물과 같다 하니
선함으로 만물을 이롭게 할망정
다투지 않는다는 덕경 한 구절!

봉경리 아씨 마님 모진 고초로 몸살 났지만
다시는 젊어지고 싶지 않으시다는
그 말씀 우리가 되새겨 봐야 할 대목

산들산들
헐렁한 바지 입고
산새들이 지지고 볶고
한번 본 꼴 두 번 보고 싶지 않다는 세월

행복
겹겹이 책임 벗고 가벼워 그 마음
음미하며 살아 갈란다
천천히 걸어도

빨리 걸어도
한세상 살이는 마찬가지
침묵은 금이기에

하나로 기억되기를

덕을 굳이 논하지 않아도
서로 간의 삶이 달라도
마음은 하나였음 좋겠다

봉우리 정복은 누구에게나 로망이 되듯
차 한 잔 여유로
마음 써주는 이웃되기를

산처럼 우직 뚝뚝 하지만
그 모습 변함없이
하나로 기억되기를

산 고독한 딴산 되기보다는
잇대고 덧대어
한 울타리 되기를

행복
그 소소함 모여져 큰 행복되듯
무심코 내던진 돌멩이로

개구리에게 치명상이
될 수 있음을

작품이 되는 순간을 위하여

덕이 작품이 되는 순간
좋은 글을 쓰고 싶은 너를 위해

봉오리 오른 경험도 없이
자신만의 시선 머문 곳 담아낸다

산정 향해 지른 버럭
영향력을 행사하려나?

산이 떠나갈 듯
다만 그 시작은 크지 않지만

행복을 추구하려
함께 걸을 그 길
여력을 다해 깊이 있는 글과 감정이
마음껏 발해지기를

한낮 꿈

용 굴에 모셔진 해탈
오매일여가 선禪 아니랴

굴속 잔영마저
한낮 꿈

산 중 화두 되니
오늘도 사람됨이 답이다

산전
무아조차
행해진 연기緣起로
곧 생겨났다 스러질 뿐일지라도

행복

용의 입에서 불이라도 내뿜는다는
옛이야기의 현신인가?
찜통이 따로 없다

굴속 같은 나무 터널 들어서자
독기를 내뿜듯 온몸이 스멀거린다

산에 오를수록
정체를 알 수 없는 압박
도를 넘는 순간

산 위 저 멀리
앞이 탁 트인 넓은 들
시야를 가득 메운 순간
언제 그랬냔 듯
이질적 냉기 시원함이 말한다

행복은 만 가지 사물의 결합식이 아니라
자연스럽게
저녁노을이

연서되어야 함을 그 뉘라서 알랴?
신이 알까 두렵다

행복이란

용봉산 뒷골목 난장 선 들풀
모르면 잡초요 알고 나니 약초라
질경이가 눈에 띄고
익모초도 바람결에 날개 편다

봉우리 올라서 보니
뭘 보냐며
보랏빛 엉겅퀴 칼날 들이민다

산 넘고 물 건너
끈끈한 점액질 차전차
이뇨부터 진 해독이라

산수 갑산
씨 기름 쌩까니
습진 무좀이 간 곳 없구나

행복이란?
주취하약취평이라

주에 취하면 하룻저녁이 즐겁고
약초에 취하면 평생이 즐겁다카더라

행여나

용굴산 여명의 시각
찬란한 햇살 넘어
뒤따라온 냉기라니

굴곡진 삶을 탓하려는가
은이네 동네는 스물 하고도 셋
알받이 되얏꼬

산 아래 동네 꼬마들
툭하면 심질환
허긴긴가 때부터 시작된 일 인디 뭐

산속에 몰아친 눈보라
골 타구니 쌓이는 건 당연지사
겨 묻은 강아지
온갖 탑시기 쓰느라 애쓰누만

행여나 했더니
역시 나가 사람 잡는 딘 선수지
얘라이

현실에 대한 긍정

덕 있는 당신이 지치지 않는 열정은
삶에 대한 강한 애착에서 발생하는
현실에 대한 긍정이다.

봉우리 오름이 때론 지칠지라도
폭풍 뒤에 쏟아지는 찬란한 햇살처럼
아름다움을 기대할 수 있기에

산처럼 묵묵히 바라보는 것이다
때론 짙은 먹구름과 천둥번개가
이어질지라도

산이 그대에게 주는 그 잔잔한 미소가
속 깊이 웅어리진 가슴앓이조차
소멸시키는 감동을 주리라

행동하는 자여!
그대 열정이 결코 식지 않는 한
포기를 모르며 이어가리란 사실을
기억해 내리라

눈 길

덕봉산 바람났나
진달래 생강나무꽃 피워

봉오리 향기 더해질 때
호미춤에 헛개나무 날갯짓으로

산중 양지맡에 터를 잡는다
연둣빛 새싹

산 아래 망태들에
희망되길

행동하는 너와 나
속살 드러낸 채 유혹 눈 길 이채롭다

제4부

겨울나무

겨울나무

덕은 있으매 몸이 지치면 짐이 무겁고
마음이 지치면 삶이 무거워지는 갑다
욕심을 채울수록 왜! 포만감은 없을까?
마음 열고 정情 흐를 때
친구親舊다워 지는 것일진져

봉사의 자세는 때론 침묵沈默이 금인지라
생각 없는 말로 상대相對는 물론
자신을 궁지로 몰아넣기도 하는데…!
겨울나무조차
가진 게 없으니
버릴 것도 없다 하지 않았던가?

산 중 여름날 푸르름으로 가려주던 너!
황홀한 누더기
찬 바람 앞에 홀러덩 벗어 주더니
벌건 나신裸身 된서리 맞고
옹이 되어
패인 흔적만 남았구나

산 좋고 물 맑은 어느 날
우왁스런 폭풍우에
생쥐꼴! 이랍심은
되돌리고 싶은 시간時間 아니신가?
역지사지라…!
이 땅에 하우와 후직은 몇이나 될까?
세월에 얻어진 소중所重한 경험經驗들
연륜年輪과 지혜智慧!
삶의 깨달음이지 싶다

행복이란 불현듯
늙어가는 게 아니라 익어간다는
참다운 진리
함께한 그때가 그립기만 한 오후다

겨울 숲

치산녹화란 기치에 내걸린 겨울 숲
너에겐 인생이었나?
그새를 못 참고 봄을 맞이한 걸 보면

유카리 나무처럼 천연덕스럽게 자리 잡은
아카시아!
강하면 부러진다는 진리를
몸소 보여주다니
칭찬할까? 말까

의리만 고집하는 인생길
웃음기 없는 길도 있는 법
당신의 앞길은 순탄하신가?
고난 속 행복을 즐기는 자
누구나 예상치 못한
야생에서
겨울이라는 의미로 굳어버린 육신!

숲 속을 전력 질주를 하기 전
호흡을 가다듬고 몸을 푸시라

설경 아름다운 건 인간이 보는 관점일 뿐
그 시절 우리가 사랑했던
푸르름이 가득했던 계절 지나고
흰 눈이 펑펑 쏟아지던 날
자신의 쓸모를
끊임없이 증명해야 한다며
날뛰던 겨울 산은 어느새 간 곳이 없구나.
오늘도 허~ 당 용굴산!

국시를 제일로 삼고

국시를 제일로 삼고
주체가 객체로의 회귀를 종용하지만
그 알량한 현실 속에 무엇을 담아내랴

립서비스 그 비계의 가벼움
죽음이 여백을 찾아와
그의 울음 섞인 글을 돌려보낸다

예로써 봄에 스러진 꽃을 닮았는지
가을에 자빠진 꽃에 대한 애처로움을
묻지도 못했다

산 좋고 물 맑은들 뭣 하랴
그 악취에 찌든 오염에
가여움조차 담아내지 못한 한계인 것을

치세의 슬픔과 엇되어 내쫓겨도
눈물을 팔아 득세한 자들 가득한 세상
현실을 직시해 본들 무슨 방도가 있으랴.

유치하기 끝이 없다
이제 그만 내려놓으시라
그 어둠을 이겨내지도 못할 것이면서
골방 투척이라니

의도 신도 길 떠나고
식자도 군자도 없는
오직 버러지들 뿐

숲에 가려진 추악함
불낼까 걱정스럽다
결국 잃는 것이 네 몫을 넘어
폭망인 것을

귀천

갑진년 정월 아흐래!
(음력 11월 28일)어미! 별이되던 날!

눕는 것이
어찌 풀씨만 같으랴
앞산 큰 소나무조차
허리를 굽혔던데

산다는 것이 얼마나 허풍이었는지를 깨닫고
바위 같은 침묵을 가슴에 끌어안는다

지나온 짧지 않은 여정!

이제 편안함에
한 발 가까이 다가선 듯

자식들이
장성하고
믿음이 갈 즈음

자세 낮추니 불구덩인들 어찌 두려우랴.

이렇듯
한 줌 재가 되어
들고 나기가 수월해질 수 있음을
이제야 깨달아
바람 잦아들고
따뜻한 불길에 온몸 맡겨
잠시 깊은 잠에 취해볼까…???

이제
어미 없다 서러워 말라

그리고
너무 슬퍼도 말라
인연이 있다면 또 만나지 않겠니?
세월이 약이란 옛 어른들의 말씀도 있고

이 맑고 고운 날 누가 올까?

꽃피는 4월이면
진달래 치장하고
개나리는 뿅뿅!
있는 대로 좋아라 소리칠 텐데

벚나무는 어떠하신가?

저 높은 창공을 향해
축포를 터트려주지 않겠니?

조금 아쉽기는 하지만
내가 왜!
그리 급히 떠나는지는 묻지 말거라

그동안 수고들 많았다.

보릿고개!
찬밥 한 덩이조차
자식 걱정에 목이 메니
마음 놓고 먹어보지 못한 세월이 얼마더냐?

왜!
그리 서럽고
산다는 게 그리 힘들었던지

시쳇말로
라면이라도 끓여 먹지… 그러셨어요?

이 철딱서니야
초근목피란 말도 못 들어 봤니?
먹을 게 없어 풀 리와 나무껍질 벗겨

빨아먹던 그런 시절을
어찌알랴…

아니면
나라 없이 2천여 년 방랑하던 민족!
독하고 끈질기지 않으면
살아남을 수 없었던 그들을…!!!

지금 생각해 봐도
참으로 어이없는 세월 아니더냐

그릇의 크기란
하늘이 낳는다는 말!

참으로 질곡의 세월이구나
이 늙기조차 깨닫게 만들다니…!!!

하지만 내 삶이
오늘이 있기까지는
모두가 너희들의 보살핌이 아니더냐

그 긴긴밤
초여름의 하루살이 처절한 삶처럼

독수공방!
그 참담한 세월이
얼마나 험하고 사나웠던지…!!??

장성한 자식들의 알뜰한 보살핌조차 마다하는
나를 이해해주렴

평생을 묵언 수행 중인 니 아버지!
뭣이 그리 예쁘랴만
아직 미운 정이 그나마 조금 남았기에…!!!

이제 편케 살라하니…!!
쉼 하련다

사랑한다!
나의 아들딸
5남매!

어미!
별이 되던 날!

능소화

덕봉산 오가며 정성들인 능소화(꽃복숭아)
두꺼운 외피 벗어놓고
봄 나드리 나선 지 2년 차

봉우리마다 가부좌 틀고 앉은 햇살 보소
하루가 다르게 변화된 날씨
내일인가 모레인가 능소화 싹 틔우길

산들바람 봄바람에
올해도 흐느적
산행자 구분 없이 유혹해 보련

산 아래도 위도 들썩들썩
무언지 사연조차 묻지 못한 채
후둘 푸둘 파드들

행적이 묘연?
너는 아는 겨
남 말하듯 겨울 잠든 능소화 멱살 잡게

망각의 세월

용두사미?
어느 날 전화 한 통 없던 그에게 걸려 온
뜻밖에 안부
청량한 목소리에
모처럼의 대화가 어색하다

봉선화 피기 전
소식 준 그로 인해
뜨겁게 달궈진 가슴
그동안
너무 무심함을 탓해본다

산속 몸담고
잊혀진 삶이
바쁘다는 핑계로
지나친 세월
혹시나 기대하며

산수화가 만개하기도 전
톡이라도 해 볼까?

정신없이 지나친 한 해는
벌써 입춘

행복한 시간보다 아쉬움이 크다
마스크에 녹아나
까맣게 잊고 사는 일은 없었는지?
뒤돌아볼 일이다

냉혹한 추위

덕봉산에 쏠린 천기련가?
평평해진 정수리
어느새 민둥산이 되어가는 모양새다

봉우리 비춰진 짧아진 햇살
살갗 마저 오근다
정령 묘연한가?

산중 여인 머리 풀고 꼬인 다리 위
갈잎 내려앉아 바람 따라 서걱거릴 때
유난스레 을씨년스런
깊어 가는 겨울

산사 내 이마 조아리며
자신을 조명하지만 속수무책인가 보다

행동은 굼뜨는데
똥 싼 강아지가 따로 없다
엉거주춤
귀밑까지 눌러쓴 털모자 끝단에

매달린 얼음조각
보석처럼 빛날 때
냉혹한 추위는 아랑곳이다
사랑이 깊은 탓인가?
걱정이 깊다

네가 있음에

덕봉산 골망태
들이친 돌개바람에
풍 맞고
낙엽은 비산되니
세상도 따라 도나보다

봉우리 정점 찍고
몸서리칠 때
뭔 일 난겨
마음 주지 않았던 많은 것들 중

산은 언제나 무아지경!
아끼고
보듬고
세월 가도
짐승처럼 포효만
누린내 풍기고

산속 토굴 속 썩은 몸통은 어쩔 건데?
변죽만 울리는 나태

들개의 습성
반성 없는 몸부림

행위 하나 둘 그리고 셋
악다구니는
문제를 넘고 나서야 멍때림을 알랑가?
거칠 것 없는 죄악의 씨앗들
요즘 귀신들은 다 뭐하나

푸르름이 좋다
싱그러움이 좋다
네가 있음에
그래도 희망이 있으니까.

당신의 길

덕 없는 당신이 걷는 그 길목
백년이 다 가도록 반성하기를

봉우리 위에 왔던 우기가 지나고
무더위가 엊그제더니
어느새 찬바람을 밟고 올라선 겨울
결계 짓던 대한이도 갔으니
머잖아 명이가 오려는가?
아랫목 내달라 칭얼거리던데

산속에 아직도 찬기가 감도는 걸 보면
썩어도 준치라
미련이 남았는가 보다
비탈 위 기침 소리
요란한 까마귀 날갯짓

산 넘어 눈길 닿는 골골 마다
타오르는 핏빛 향기
머잖아

찰랑이는 빙어의 몸짓으로
부활 꿈꾸지만
꿈은 꿈일 뿐 현실은 될 수 없다는 것을

행복 찾아온 철 지난 나뭇잎이
창문을 친다 한들 철창이 깨지겠는가?
깨달음 없는 망각에
토끼장은 냉기만 감도는구나

대한大寒

덕보님 오랜만에 한잔 꺾으시지요?
별 볼 일 없응께
귀찮게 하덜 말고 내려가란다

봉산 탈춤에 넋 나가고
귀곡천을 오가니
인성 없는 몰상식에
내면 무지가
정도를 벗어난 지 오랜데
인지조차 못 하다니

산들바람에 실린 쇠 징 소리
재 넘어 땡초
오늘따라 묵언수행 중인갑다
찬바람만 일렁이는 걸 보면

산정 추위에
머릿속은 텅
가슴앓이는 극한
굴속에 숨어든 조두만도 못 하구나

이 살 떨리는 추위 속에
천연한체하다니
어지간히 다급해졌나?

행복?
7일 후
해맑은 달덩이 얼굴 내밀 때
경을 칠까?
셋 달린 꼬리 잘릴까?
밍가야
객기 부리덜 말그라
6일 후면
얼어 죽는다는 그가 온단다

덕목德目

덕목은 인성교육의 핵심 가치
해 저무는 길목
밤낮이 쉴 새 없이 뒤바뀐 끝자락
끝 간데없이 모두를 숨죽이게 했던
코로나 지나갔나 싶더만
여전히 뒷덜미를 낚아챈다.

봉우리에 얹혀졌던 짧은 봄 허리 부여잡고
벚꽃과 능소화를 잠시 웃음 짓게 하더니
무슨 심통이 났을까
엘리뇨에 폭염 폭우 태풍마저
심성을 꿰뚫고
온갖 망나니 짓거리 서슴지 않는다

산사태에 덩달아 과일 채소값도 천정부지
그에 반하여
작황은 반에 반토막 망연자실 농부님들
숨 돌릴 새 없이 휘몰아친 폭설과 냉기
단풍이란 놈 입도 뻥긋 못한 채
한 해를 보냈다

산 밖 재 넘어 나라 밖 어떠신가?
한주먹거리도 안 될 것 같던 젤렌
콧등을 단박에 주저앉힐 줄 알았던 푸!
장기 집권 망상에 사로잡혀
퍼팅감각이 둔화된 줄도 모르고
휘둘고 보니 더블 보기라
지나던 개도 킥킥 댄다

행여나 옆 동네 불장난으로 덕 보긴 했지만
다음 홀 티샷마저 해저드에 빠져들어
체면 구긴 개구락지 신세
저쪽 동네는 어떠신가?
잔대가리 굴리다 살쾡이에 급소 물려
생사가 오락가락
호랑이 등에 올라탄 기호지세라
한심하고 환장할 노릇 아니겠는가

우리 동네 어떠신가?
정신은 반쯤 나가
잿밥에만 눈멀고 배곯는 줄 모른 채

이기는 게임 팽개치고
혁신인지 나발인지
가관이 따로 없다
이래저래 한 성깔 하고 나니
체면만 구겼구나

패색 짙은 판세를
단박에 바꿀
기사회생 한 수라
춥고 긴 터널
이제는 끝자락이 보이려나

덕봉산 4

- 산행

덕봉산 생성 이래 처음이신가 봐요?
탁 트인 저 너머 예당저수지
그 우측으론 내포신도시
오늘은 미세먼지로 잘 안 보이시죠?

봉우리 473m 코앞에 두고도
울 군수님과 소장님
아직도 힘이 넘쳐나시나 봅니다.
나만 숨찬겨
애고 어렵다. 헉~ 헉~~ 컥~~~!

덕봉산 초입엔 참나무 복숭아나무
화살나무 다래 넝쿨 철 지난 칡넝쿨까지
어우러진 평온했던 곳

산악 오토바이 횡포로
일그러진 아흔아홉 돌계단
참으로 얄궂은 형상
산행자의 불만 섞인 푸념
오늘의 표어!

자빠지면 넘어질 텐데 입니다.

산이란 자연 그대로 보전되고
육성되어야 함에도
일부 몰지각한 행위자로 인해
이렇듯 볼썽 사납게 변함을 어찌할꼬?
북쪽만 있는 줄 알았던 내로남불
이곳에도 그 잔쟈가 있었나 보다

하긴 산 너머 저 위쪽
해에게는 220
지저분의 대명사 멍때리기는
220은 고사하고
너무 얕잡아 본 거 아니지?
그것으로 속 찰 놈이 아니잖어

행복 추구랑게 뭣 이건 디
의식도 없고
책임감은 커녕 남 불만 그들먹한 것들
개밥에 도토리

후세에 부끄럽지 않게
보낼 건 보내고
처널 건 넣어봐
아직도 정신 못 차리고
눈치는 왜 봐

덕봉산 5
- 봄

덕봉산에도 춘희가 오려나?
아직은 서슬 푸른 은장도
내 볼 따귀를 훑고 지나는 섬뜩함
몸이 먼저 반응한다.

봉우리 앉은 햇살 보고
허겁지겁 내딛는 발걸음
조급증이 요동친다.

산세 따라 쌓인 낙엽들도
때론 칠흑 같은 어둠 숲 속
헤매는 미친바람
머리는 산발된 채 울어대더니
재 너머로 훌훌 넘어선다.
조금만 더 참으라며

산등성이 굴곡진
흩날리는 춤사위
역린인가?
난잡한 몸 짓

뭉 짓 둔 짓 무질서의 궤
너다움은 뭣인데

행여나 이런 시기마저
기다려야 하나?
춘아!
너!
거기서 뭐 하니?
날!
언제까지 기다리게 할거나

덕을 논하다

덕을 논함에
벌 쏘임에 누굴 탓하랴.
권력의 정점에 서거나
지역 인사로
일상 중 빈부조차
예정되었을 리 없으니

봉쥬르 마을 쥐구멍에도 볕들까?
한순간일 망정
기다림이 곧 희망이리니

산 사람에게 세 번 있다는 기회를
언젠가라는 막연한 기대 속에
오늘도
로또보다 더 낮은 확률의 골싱에
온몸을 떨어 댄다

산 너머 남촌
너도 없고
나도 없으니

선禪을 위해
기득권 가진 자와
맞서

행위를 논했기에
자부심 가득했던 지난 세월
이변과 격변을 거듭하고
단호한 결단에
후회가 있을 리 없다

기다리던 단비!
모내기!
산불 예방!
코로나 해방!
나들이 계절!

덕 있는 자

덕 있는 자
똑똑한 사람은 따라 할 수 있으나
어리석은 자는 흉내조차 낼 수 없다

봉우리에 각 세운 자들 행태가
참으로 한탄스럽다
사람은 영리해지기는 쉬워도
어리석어지기는 힘들다던데
그것도 아닌 모양이다
저게 무슨 대변인가

산처럼 우직하길 바란 건 아니지만
때론 어리석음
그게 정치다
좀 더 낮추면 안 되는 것일까?
하나 돼도 부족할 판에
청까지 나서서 주접이라니

산 넘어 산이란 이런 게 아닌가 싶다
끼리끼리 허점이 있다면

가려주고 채워주는 것이 아니라
밟는 것도 모자라 짓이기려 든다
명이와 다를 게 뭔가?

행여라도 인간의 관계關係
치의 관계가 그런 것 아닌가?
서로 모자람을 채워주고
어리석음을 감싸주는
배려配慮도 인간미도 없다
너무 똑똑하면 고독한가?
주변에 사람이 없다
참으로 안타깝고 한심스럽다
속이려 드는 것이 아니라면
가끔은
모르는 척
어리석은 척
척하며 살아보면 안 될까?

동녘 하늘이

덕 없는 자
누더길 걸치고 살지언정
거짓투성이로 살지는 말자.
이제 진정성 없는 자들이 대접받던
시대는 지났으니

봉우리조차 참다움을 잃지 않으려
속성도 버린 채
눈부신 아침을 준비하지 않더냐?

산다는 것이
오늘도 어김없이 동녘 하늘이 밝았건만
널 잊게 하다니
참으로 보잘것없는 인생일세그려

산 중 한 일망정
옹달샘 속 일그러진 얼굴
너일 수밖에 없는 것처럼
뒤틀린 인생이라 막가면
그 인생 쫑 나는 법

행위 예술을 빙자한
눈속임도
자주 하더니
지난 5년간 차고 넘쳤던 것들

반성도 인성도 없는 쓰레기!
눈뜨면 보이던 횡포!
300년이면 너무 적으려나

새벽하늘

맑고 파란 새벽하늘!
여름인가 싶으면 가을이 코앞인데
냇가 옆 산책길엔 잡초만 무성
오 갈 적마다 등산지팡이 헌 칼 삼아
손목이 아프도록 휘둘러도
하룻밤 자고 나면 날 잡아 잡수다

호랑이 새끼 칠까 두렵다
한술 더 떠 날파리 떼와 나방들까지
제 세상 만난 듯 눈 뜨기는 커녕
눈코 귓속까지 사정없이 파고든다
이 모든 것은 내 수양이 부족한 탓
부처님께서는 사시사철 노숙하시는데
살아있는 중생이 참자!

서리 내리고 눈 내리는 날
제풀에 죽어 자빠질지니

뭣 하러 신경 쓰랴 만
어느 머슴 놈은 사또가 죽거나 말거나

제사는 관심도 없고 잿밥에만

하긴 옛날처럼 의리와 예의를
하늘처럼 알던 세상이 아님에랴
충효인의신忠孝仁義信이란?
다섯 글자를 그 뒤 있어 논하랴

탐천지공貪天之功(※빈천지교貧天之交)

동반자!
신이 모든 곳에 있을 수 없기에
엄마를 만들었다고 한다

풍경소리
산사 처마 끝에
홀로 매달려
청아한 목소리로
모진 비바람
아랑곳 않고
오롯이
부처님 뜻 전하네

* 불기 2567년 5월 27일
  부처님 오신 날을 기리며…!!!

옥녀봉 산행

옥녀봉의 난세
녀석들의 횡포가 넘실대던 세월
봉우리 밑
산은 피하고 포구를 허하라
행동을 실천하는 자 그대가 병법가니라

세월의 무게

덕봉산 오름이 얼마 만인가?
내자와 늘 함께하던 덕봉산 중에
어느 날 멧돼지 흔적에 놀랐는지
앞산 가새 바위 용굴산을 즐기더니

봉선화 피고 지고
자연 시간표엔 영원한 것이란 없나 보다
짧지 않은 모진 세월 견뎌낸
집사람 무릎에도
어느 사이 시련의 시작인가?

산이라면 나보다 더 좋아하며
덕봉산 탈해사 용굴산
끝자락에 자리한
치유의 숲을 즐긴다.

산울림이 컸던 지난 3일
평소 존경하던 분의 소천은
청천벽력!
정성을 다해 모셔본들

어찌 대들보 잃은 상주 맘 같으랴
허전한 가슴 안고 모처럼 오른 덕봉산
자연이 주는 그 시간
늘 공평하게
묵묵히 기다려줌에 고맙고 감사할 뿐
슬픔인가 보면
푸른 갈잎이 미소 짓듯 반김에

행은 먼 듯 가깝게
아득한 세월
침묵으로 일관하며
무던히도 가슴 쓰린
가장 낮은 곳에서부터
모두를 위로하나 보다

수철리 체육공원

수철리 체육공원에 올라서니
그동안 등산화에 이슬 얹던 잡초는
말끔히 정리되었는데

철새처럼 모여들어 각자의 체력을
뽐내시던 동네 분들
오늘따라 쾌적한 환경에
그동안 답답하고 추레했던
공원 분위기 업 됨에 따라
함껏 맑은 공기 들이키시다 엑~ 퉤퉤!

이장님도 관심을 가져줬음 좋으련만
콧속은 물론 귓속과 눈 속에까지
달려들고
빨려들고
덤벼드는 악귀들이 따로 없다
날파리 모기란 놈

체력은 국력 아닌가?
운동이 아니라

날파리들과의 전쟁터다

육체적 고통이야 건강을 위한
자신과의 싸움이라지만
이건 아니다 싶다
갑자기 발생된 디스크 그 복을 위해
그동안 40일이 넘도록 체력 훈련하면서
천변 산책로는 물론

공원과 탈해사 오름 주변에서
잡초 잡목과의 싸움도 계속했기에
지팡이가 세 개째 아작났다

원 없이 휘두르는 지팡이 끝에
속절없이 무너지는
잡초들의 비명 소리
어깨가 아프도록 휘둘러도
날 파리 비명 소리는 간곳없이
오늘도 엑 퉤 퉤 만 연발한다

용굴산 둘레길 따라

용굴산 둘레길 따라 오르다 보면
의병대장 겸 대원수를 지내신
윤자형 묘소 이정표가 나온다

굴속 같은 지형 따라 길을 잘못 들면
숲 속을 헤매다 내려오기 일 수지만
좌측 계곡 따라 오르다 보면

산중 턱쯤 석상이 보인다
한달음에 올라
경건한 마음으로 예를 표하니

산은 푸르른 데 인걸은 간데없네란
시詩 한 수 절로 떠오르지 않겠는가?
대한독립군 통수권자 대원수大元帥!

행동하는 자여!
그대의 거룩한 이름은 자형!
1891 무과 급제하고
1907 정미의병 후 고종의 명命을 받아

만주땅에 대한 군정서를 창설!
봉오동 전쟁과
청산리 전쟁을 지휘하시니
오늘의 자유대한민국이 있음이다.

1939 용굴산에 잠드시다

용굴산 위 석불

용굴산 위 석불
묵묵히 기다려준다 싶어
올려다보면
어느새 미소 짓고 계시는구려

굴뚝새 이리저리
혼란스런 넋두리
아득한 세월 닮아가는 모습
참으로 가상 치 않으신가

산 중 무골
절구통 몸짓에
굵은 허리샅바
가볍게 걸터듬은 삽자루

산들바람 날 새는 줄 모르고
헛손질이나 하다니
소 등짝이 이웃집 멍석말이로 보이시나?
먼동이 터올라치면

행여나
가장 낮은 곳에서
높은 곳으로
역행은 없을 터
마음 놓고 정진하라
너에게 준 가르침 아니시더냐!
하면~ 이를 어여삐 여겨
모두가 위로받기를

용기

용기를 내 본들
이미 허공은 텅 비었거늘
누구에게 잘 보이려는가?
산 넘어 쪽진 달은

굴절 없는 빛만 한가득 고였구나
벌써 보름인가?
저 높이 솟은 달
저 빛은 무엇이랴
있는 듯 없음이
곧 마음일진저
표현되었다고 어찌 진리라 말하는가?

산과 산사일지라도 눈빛만으로 통한다면
그게 다인 것을
억지를 쓰니 어긋나고
빗나가는 것이 아니랴

산길 드러내
걸릴 것도

두려울 것도
의지할 것도 없음이다

행동으로
도끼질한다 한들
그 또한 달이 아닌지라
빛이 두려워
웬 한숨인가?
설함도 없으니 들은 바도 없는데

존재의 아름다움

푸르른 녹색 그림자 사이
언 듯 언 듯 보이기 시작한 주홍 글씨
가을을 내면 한 사랑의 색동옷
길바닥에 널부러진 채
나그네 발끝에 채인다

유구한 역사 흐름이 한순간처럼
많은 생각이 교차하는 순간
어느새 산문 앞에 다가선 나
부처님께 합장하고
산행자의 무사를 기원하는데
중천에 뜬
태양은 내 뒷등에 대고
허리까지 굽히라신다.

색동옷
그 존재의 아름다움을 말하다

파크골프의 묘비

무엇을 말하려는가?
무엇을 얻고자 함인가?
무엇을 탐하려는가?

부질없는 짓!
남은 것은 흙뿐인 것을
하루살이!
완용과 멍이의 넋두리

천변 산책로

천재지변이니
변사또인들 어찌하랴 만
산책 나온 사람들
책망 들을세라
노면 데크 위로 널부러 진 낙엽송과 참나무
전정가위로 간신히
길만 뚫어놓고 보니 볼썽사납다

지난번 폭우로 무너져 내린 경사면
이번에도 자갈이 쏟아졌네
차량 통행 가능토록
대충 큰 돌만 치웠지만
안전사고 위험 상존하니

날 파리와 모기는 물론
진드기까지 극성을 부리지만
체육공원 제초 작업만 간신히 해놓고
천변 산책로뿐만 아니라
많은 불자와 등산객들이 이용하는
탈해사 오르내리는 길목

산사태 위험이 상존함에도
돌망태 등 안전조치도 없고
잡초 거는 물론 소독조차 못 하는가

피곤한 삶

덕봉산에 오른 지 1년 하고도 54일!
날수로는 4·19 혁명? 일세

봉우리 홀로 지키느라 바둥거린 능소화
못 먹고 못 자란 무녀리 탄생일세

산이란 열악한 환경은 멍이 닮고
처마 밑 따스한 능소화 유니 닮았구나

산전수전 공중전에
피곤한 삶! 아직도 미련 남았는가?

행여나 때늦은 감 있지만
이제라도 치아라고마

작은 덕봉산 오르는 등산로에
등산객 발길이 드문 탓인지
초입부터 갈잎이 많이 쌓여
아이젠 없이는 올라가기조차 힘드네

또한 죽은 나뭇가지가 중간중간마다
떨어져 있어 이것저것 치우며 산행하자니
숨은 턱에 차고 온몸은 땀이 비오 듯
에구구 내 팔자야
시키지도 않는 짓을 왜 허구있노
울 엄니 알면 부지깽이 날아오겠네

홀로서기

용굴산에 오르자
싱그러움 가득
벚나무는 어느새 푸른 멋 한껏 내고
품 안에 씨앗 품자
낙우송이 부러움에 온몸 떨어대더니
편백은 요절복통 배를 움켜쥔다

굴종의 겨울
눈보라 찬 서리에
기회조차 놓쳐 버린 계절
요 제나 조제나
눈치싸움에
달맞이꽃 등 터졌다

산 넘고 물 건너 험난한 인당수
몸 던져
찬 기운 온몸 적실 때
고난의 시간
아뿔싸!
세상 향한 씨앗털이

어찌 이리도 험하더냐

행동으로 실천하다 회돌이에 휩쓸리니
절치부심 내던진 세월
봄맞이
재주넘고
홀로서기 힘드나
다람쥐 한 쌍이 재롱떠는
일요일 오후

눈보라

덕봉산에 휘몰아친 눈보라
어찌할까
무엇을 어떻게 해야 하는가? 보다
도전!

봉우리 정복은 아닐지라도
젊어서 키워온 꿈과 희망을 키우듯
의지와 열정으로
흉포한 환경 견뎌보자

산행하는데 무슨 이유가 필요하랴.
살아오며
내 자신을 있게 한 삶에 원칙대로
하면 되는 것을

산골짜기 속속 휘몰아친 냉기와 눈보라
갈잎 바람 타듯
주어진 환경은 극복하기 나름
도전은 새로운 삶의 가치

행동하는 자여
해봤어?
'해 보기나 했어'라고 일갈하시는
이 나라 경제부흥의 대명사
정주영 회장님과
이병철 회장님
함부로 함자조차 거론키 부끄러운 나
뜬금없이 이런 상황에 그분 말씀이
왜 떠올랐을까?

환경에 적응하는 카멜레온!
이깟 눈보라가
어찌 지나온 내 인생 굴곡만 하랴

빈천지교

|

이승구 시집

<평설>

지성과 덕성을 갖춘
겸손한 정치인이자 예의 바른 문인

김명수(시인, 효학박사, 충남문인협회장)

지성과 덕성을 갖춘
겸손한 정치인이자 예의 바른 문인

김명수(시인, 효학박사, 충남문인협회장)

1. 예산 지역의 덕망 있는 소중한 시인이며 정치인

예산의 이승구 시인을 만날 때마다 개인적으로 느끼는 것은 언제나 겸손하고 조용하며 품격이 있다는 것이다. 신익선 시인을 통해 알게 된 이승구 시인은 6·25 비극으로 인해 홀로되신 어머님께 지극정성을 다한 효자이면서 벌써 시집을 두 권이나 냈고 예산군 의회 8대 전·후반기 의장을 지내기도 한 시인이다. 지금은 예산문인협회를 이끌면서 예산의 전통시장 살리기 사단법인 더본지역상생발전협의회 이사장과 충남시군의장협의회(8대 전반기)회장직을 맡기도 하는 등 지역사회를 위해서 젊은이처럼 바쁜 생활을 하고 계시다. 세상을 살아가면서 이렇게 많은 사람으로부터 존경받고 품격 있는 분을 만난다는 것이 쉽지 않은 일인데 훌륭한 인품을 지닌 이 시인을 만나게 된 것이 여간 감사한 일이 아닐 수 없다.

그로부터 얼마 후 한 묶음의 시를 받았다. 세 번째 시집의 원고였다. 어렵게 준비한 원고이기에 열심히 이승구 시인의 시 속으로 들어가 봤다. 시 속에 그려진 시대적 배경은 6·70년대부터 지금까지 고향 주변의 산과 자연 사람 사는 이야기이다. 그리고 자신의 꿈과 세상살이에 따른 갖가지 비평적 시각과 아름다운 자연을 바라보는 세계가 함께 그려져 있었다. 한 권의 시집 속에는 그가 세상을 살아온 여러 가지 면면들이 함께 들어 있어 그가 얼마나 성실하고 진솔하게 살아왔는지에 대해서도 가늠할 수가 있었다. 적지 않은 나이에도 불구하고 열심히 시를 쓰고 열심히 세상을 살아가면서 많은 사람에게 귀감이 되는 일을 하고 있는 이승구 시인은 시를 통하여 세상을 어떻게 바라보고 어떻게 생활하는지를 함께 살펴보고자 한다.

우선 이승구 시인은 왜 시집 제목을 『빈천지교』라고 했을까. 이 시집 빈천지교의 사전적 의미를 알 필요가 있다. 이 빈천지교는 어릴 때부터 모진 어려움을 함께 겪으면서 큰 또래 친구를 말한다. 이승구 시인이 태어나서 성장할 때의 우리나라는 참 어려운 시기였다. 그때 그 모진 어려움을 많은 사람들이 함께 겪으면서 함께 성장했다. 그러기에 그 친구들에 대해 더 애정이 간다. 이는 사람뿐만이 아니라 작품 역시 그 당시의 생각과 분위기를 함께 넣음으로써 이승구 시인에게 있어 빈천지교는 친구나 작품이나 모두 함부로 버릴 수 없는 존재인 것이다. 시집 빈천지교에 나오는 작품들 역시 이승구 시인에게는 빈천지교와 같은 존재인 것이다.

현대의 많은 사람은 살아가면서 자기 나름대로의 표현을 하고 산다. 그 표현 중의 하나가 사람에 따라서, 노래를 하거나 그림을 그리는 것들이 있는가 하면 언어를 통한 글쓰기가 있다. 그중에서도 시는 내면에 있는 여러 가지 울림들을 언어를 통하여 표출시키는데 운율이 있는 시를 선택해서 쓰는데 내면의 울림을 진솔하게 나타내는 데는 그래도 시가 좋은 친구라고 할 수 있다. 따라서 우리는 그 시를 어떻게 쓸 것인가와 어떻게 읽을 것인가는 시대에 따른 다양한 변화를 해 왔음을 알 수 있다. 따라서 사람에 따라서는 어떤 시대적 틀 속에 갇혀 있는 것이 아닌 그 시대에 맞는 목소리로 맞는 의미로 표현해서 많은 사람의 공감을 얻게 되고 그렇게 되다 보면 그 사람에 대해 독자층이 생기고 마니아가 형성되게 된다. 독자에 따라서는 경향을 같이하는 사람끼리 모여 시에 관한 다양한 이야기를 주고받을 수도 있다.

이때 시가 서정적인지 아니면 참여적인지 등의 호불호로 나누게 된다. 그러다가 나중엔 시의 본질은 사라지고 이상한 형태의 문학 계층이 생겨 진영 간의 위화감도 생기게 된다. 그러나 시는 원래 운율을 위주로 한 서정성이 본류를 이루기에 잠시 밖으로 나갔던 사람들도 다시 돌아오는 경우가 많이 았다는 것을 알 수 있다.

또 하나 시는 시대의 흐름에 따라 그때그때 표현 방식이 달라짐은 어쩔 수 없다. 신라시대는 향가가 대다수를 이루고 고려 때는 고려 가요 조선 왕조에 와서는 시조나 사설시조 등 그리고 일제 강점기 자유시 형태로 넘어와 오늘에 이르게 된 것을 보면 시는 그때그때 시대의 흐름을 따라 부분적으로 변화를 가져왔지만 인간과 자연의 교감을 나누는 문제들을 다루는 그 본질은 변하지 않았음을 알 수 있다.

우리가 살아가면서 피해 갈 수 없는 것이 옷을 해 입는 일이
다. 고대로 올라가 숲에서 살던 사람들의 옷을 생각해 보자. 그
리고 신라시대, 고려시대 조선 왕조와 현대에 이르기까지 사람
들이 옷을 입은 것을 살펴보면 말할 수 없는 변화를 가져왔음을
알 수 있다. 그때마다 사람들은 그 시대에 맞는 옷을 만들어 입
었다. 만약 현대를 살아가는 사람들이 신라시대의 옷을 입고 산
다면 참 여러 가지로 불편하고 힘들 것이다. 언어도 마찬가지다.
현대를 살아가면서 신라시대의 언어적 표현을 할 수 없듯이 현
대는 현대에 맞는 옷을 입고 어법과 언어적 유희를 통하여 각자
가 소통하는데 편리하도록 노력하고 새로운 말들을 만들어 쓴
다는 것을 알아야 한다.

이승구 시인의 시편을 읽으면서 가장 눈에 띄었던 것은 5·60
년대, 7·80년대의 언어적 표현이 자주 눈에 띄었다는 점이다. 이
런 부분들은 두 가지로 해석할 수 있는데 하나는 이 시인이 그
시대에 살았던 경험에 의한 것과 당시의 분위기나 세태를 알 수
있도록 그 당시의 특별한 언어들을 그대로 살려 썼다는 점이다.
이러한 토착어 토속어들은 이용악 시집 오랑캐꽃이나 김순일의
서산 사투리를 보면 알 수 있다. 그러나 앞에서도 말했듯이 현
대를 살아감에 그 표현이 특별한 경우를 제외하고선 현대에 알
맞은 표현 방법을 찾아야 독자들과의 소통이 원활하게 되는 것
이라는 것을 기억하고 조금은 신경 써야 할 부분이라고 생각한
다. 따라서 시를 쓸 때 좀 더 언어적 표현에 대해 토속어, 토착
어, 사투리 등을 어떻게 처리할까는 고민해야 할 필요가 있다
는 것이다.

덕 있는 삶을 찾아 내가 나아가야 할
새로운 길은 뭘까?

봉우리 밑바닥에서 싹튼 신의 한 수
첫째가 건강이다
건강은 여전히 누군가에 소중한 가치다

산길은 인생길처럼
누구나 넘어지지 않고 걸을 수는 없다
다만 조심하고 대비할 뿐이다
세 가지 결단
정신을 흩뜨릴 음주를 버리고
삶을 갉아먹는 유희도
시간을 빼앗는 파티마저

(중략)
행복을 만들기 위해 실천하고
모두에게 알게 하며
분명하게 선을 긋는다면
구체적 상상으로
플랜을 실천할 수 있지 않을까?

나쁜 습관
불필요하게 소비되는 시간 절약하여
책을 읽고
나의 영혼을 살찌울 수 있다면
우리는 분명
더 큰 안목으로 세상을 보게 될 것이다

- 「건강」에서

이 시인은 평생을 살아오면서 터득한 것이 하나 있는데 바로 건강 문제인 듯하다. 그래 뭐니 뭐니 해도 현대를 살아감은 건강이 첫째다. 아무리 돈이 많아도 어제 죽었다면 그렇게 오늘을 살고 싶어 하는 사람들에겐 아무 소용없는 것이 되기 때문이다. 전에 모 개그맨이 방송에 나와 우리나라에서 돈이 최고 많은 회장 한 분이 지금 누워서 산다며 나처럼 쪼그만 해도 이렇게 돌아다니며 잔소리하는 자기가 훨씬 행복하다고 말하는 소리를 들은 기억이 난다. 그렇다. 단순히 살고 죽는다는 것만 말하면 그런지도 모른다. 그러나 사람은 어떻게 사느냐, 무얼 하며 사느냐가 매우 중요한 것이 된다. 각자 삶의 방식이야 나름대로 있겠지만 이 시의 제목대로 건강이 제일인 것만은 사실이다. '건강은 누군가에 소중한 가치다' '나쁜 습관 /불필요하게 소비되는 시간 절약하여/ 책을 읽고/나의 영혼을 살찌울 수 있다면 /우리는 분명 /더 큰 안목으로 세상을 보게 될 것이다'라고, 극히 교과서 같은 선언으로 끝을 맺는다. 이는 누구에게나 꼭 필요하고 해당되는 말이다. 이 시인은 인생의 마지막 순간까지도 책을 읽고 영혼을 살찌운다는 것을 강조한다. 그만큼 우리 인간은 무엇인가에 대하여 알아 간다는 것 알아야 한다는 것이 중요하다는 것을 말하고 싶은 것이다. 최근에 구구 팔팔 일이 삼이란 말도 새로 생겨 나왔듯이 우린 죽기 바로 전까지 건강하게 삶으로서 그 삶의 가치가 더 뚜렷하고 의미가 있도록 노력해야 할 것이다.

꽃피는 4월을 보내면서
어느 어머니와 아들!
뒤늦게 후회하고 자책하며

수년째 치매로
고생하시는 어머니를 보필하는 외아들

예당호와 수덕사 추사고택
대천 해수욕장은 물론 수목원 등
틈나는 대로 어머니를 모셨다

시간이 지날수록 병세는 악화되어
회복은 힘들어지고 마음만 동동
야위어 가는 어머니를 대 할 때마다
가슴이 쓰리고 아파온다

등불을 밝히며 기도 한다
부처님의 자비를 베풀어 주세요
하느님이 도와주세요
어머님의 병환을 낫게 해 주세요
기도하고 또 기도 합니다

-「기도」전문

이 시는 치매로 고생하는 어머니가 점점 쇠약해져 가는 모습
이 안타까워 어머니를 낫게 해달라고 부처님께 하느님께 간절
히 기도하는 모습을 그린 기도문이다. 시의 내용으로 보아 어머
니는 벌써 수년째 지병으로 고생하시며 살고 계시다. 사실 치매
환자를 곁에 두고 간호한다는 것은 여간 효자가 아니고서는 어
렵다고 한다. 점점 상태가 나빠지는 것을 안 아들은 집에서 가
까운 명승지를 모시고 다니면서 구경을 시켜드리고 병에서 오
는 스트레스를 해소해 드리기 위해 노력한다. 그러함에도 '시간

이 지날수록 병세는 악화되어/ 회복은 힘들어지고 마음만 동동' 거리며 '부처님의 자비를 베풀어 주세요/ 하느님이 도와주세요' 하면서 부처님과 하느님을 찾으며 간곡히 기도한다. 지푸라기 하나라도 잡고 싶은 심정이기에 시인은 오늘도 기도하고 또 기도한다.

인간은 어차피 '생로병사' 하는 것이지만 시인은 이 시대의 많은 자식들은 병이 깊어 돌아가실 때까지 곁에서 간호하며 낫기를 기도하고 환자에게 맞는 음식을 만들어 드리면서 어머님을 위해 온갖 정성을 다했었다. 어떻게 된 것이 사회가 발달하고 국민소득은 오히려 높아졌는데 요즈음은 부모님이 아프면 물론 병원으로 모시지만 웬만하면 요양원으로 보내면서 자식들은 손을 놓아버리는 경우가 많다. 물론 나름대로 이유가 있겠지만 이를 보는 사람들의 입장에선 씁쓸하기 이를 데 없다. 또 나이 들어가는 사람들은 언젠가는 양로원으로 가는 것을 각오해야 하니 슬프기만 하다고 할까. 그러나 이 시를 읽으면서 이렇게 애틋하게 어머니를 돌보는 효자를 본받는 아름다운 사람들이 많이 나타나기를 기도해본다.

2. 덕봉산에 울리는 시인의 소리, 민중의 소리

①
덕봉산 잣나무 머리 풀고
햇살에 알몸 내민 채
헝크린 머릿결 내 맡긴다

봉우리 흩뿌려진 잔솔가지
원래 한 몸이었나?
오늘따라 빈틈이 없이 널브러진 걸 보면

산자락에 걸터앉은 생강나무도
먼발치 봄소식에
눈알을 있는 대로 부풀리는데

- 「끝까지 한몸 되기를」에서

②
덕봉산 정상
신들린 몸짓
제 몸 삭힌 먹이사슬
한 방울까지 털어내
결실 맺기를

(중략)
행동으로 보여준
생각의 깊이가
오늘따라
오열로 번지지 않기를

온통 흰 옷 입고
뭉칫뭉칫
마음까지 희어지기를
메리 크리스마스

모두 모두 건강하소서!

- 「당신」에서

③

(상략)

모든 만물은 생명 유지를 위해
필요한 에너지를 충족시켜야 하듯

산중 영생
인간사 새옹지마라지만
덕을 갖춰야
소통이 원활해지고 부드러워짐을

내로남불로 떡칠해 놓고
결과에 책임은커녕 남 탓만 하는
참으로 몰상식의 극치를 요즘 보고 있다

(중략)

행하는 덕은 복을 불러오고
화禍도 피할 수 있음임에도

재앙의 문門
'구시화문'이란 경구가 결코 가볍지 않다

입조심!
삶이 존재하는 한 진리며 덕悳 아닌가?

- 「덕봉산 1」에서

①②③의 시 속에는 덕봉산이 들어 있다. 덕봉산은 예산군 간양길에 있는 높이 473m의 별로 높지 않은 산이다. 시인은 시간이 있을 때마다 이 산을 오르내린다고 한다. 예산에서 도고로 향하는 곳에 위치한 산을 오르내리면서 시인은 수많은 시작품을 구상하고 썼다 지우고를 반복하면서 인생의 대부분을 이 덕봉산 능선에 깔아 놓고 생각하고 또 생각해 본다. 아침 덕봉산을 오르면 잣나무 숲에 걸린 햇살을 만난다. 그곳에서 멀리 내게로 달려오는 바람 속에 숨은 봄 냄새를 맡는다. 이른 봄날의 아침 산행이다. 이렇게 시작된 인생이 ②에서 덕봉산 정상을 다시 오르면 신들린 몸짓이 보인다. 아마도 겨울 어느 날이었을 것이다. 산정에 내리는 하얀 눈이 너무 아름답기에 신들린 몸짓이라고 표현했다. 산정에서 맞는 크리스마스의 기분은 어떨까. 12월 크리스마스가 다가오는 겨울 어느 날 눈 내리는 절경 속에서 신들린 몸짓에서 시인은 또 한 번 황홀경에 빠진다. 그날이 크리스마스날이었을까?

③에선 분명히 사회적 불만적 요소가 숨어 있다. 누군가가 행하는 짓이 내로남불이다. '내로남불로 떡칠해 놓고/결과에 책임은커녕 남 탓만 하는/참으로 몰상식의 극치를 요즘 보고 있다' 살아가면서 이런 경우를 보는 것은 한두 번이 아니다. 필경여기서 누군가는 몰상식한 행동을 하는 것이다. 시인은 지역의 어른으로서 그냥 넘어갈 수도 없고 그렇다고 일일이 나서서 뭐라 하자니 잡히지도 않는다. 따라서 우린 여기서 '재앙의 門/ 구시화문이란 경구가 결코 가볍지 않다 //입조심! /삶이 존재하는 한 진리며 慝 아닌가?' '구시화문'이란 싯구에 주의할 필요가 있다. 모든 화는 입으로 온다고 참을 수밖에 없다. 때문에, 입조심을 하고 그게 바로 진리의 慝이라 하지 않았던가. 생각대로

말 나오는 대로 다 뱉고 산다는 것은 쉬운 일이 아니다. 또 그
럴 수도 없다.

　할 말을 다 하기보다는 적당히 참을 만큼 참아야 한다. 똥이
무서워서 피하는 것이 아니라 더러워서 피한다는 말을 여기서
써야 할 것 같다. 사람들이 살아가는 지혜로움을 이런 말속에도
있다는 것을 알아야 한다.

　　①
　　덕봉산 낙엽
　　등산화에 짓이겨져 토설하는 비명 소리
　　간잽이의 칼 맞은 고등어와 뭣이 다르랴

　　봉우리 오를수록 삭쟁이는 분리되고
　　너저분한 내장만 쏟아 낸다

　　산전수전 공중전이 뭔 말인지?
　　중심은 간 곳 없고 생계마저 어둡다

　　산 아래 토굴 속 몸뚱어리 숨긴 채
　　언제 달려 나올지 허술한 몸 짓

　　행동 따로 마음 따로 옴짝달싹 못 하고
　　밑바닥은 어드멘가
　　보이지도 않는 한 낮이다
　　　　　　　　　　　　　　　　- 「덕봉산 2」 전문

②
덕봉산 봄바람에
훌쩍이던 코 흘리게
가랑이 사이
복사꽃 피어났구나

봉오리마다 뽀송뽀송 솜털
사정없이 봄빛에 떨궈 내더니
붉은 선혈 흩뿌리는 걸 보면

산중 세월
가는지 오는 건지
나이값을 제대로 하려는가

산 아래 양지 모퉁이
아직도 시린 바람 사나운데
뾰족이 얼굴 들이민 도라지 새싹

행운에 기대지 말라며
시작된 너의 작은 일부가
세상 만들어 감이란다

- 「도라지」 전문

①의 시에서는 시인이 등산하며 만난 낙엽이 등산객들의 발
에 깔리고 짓이겨져 해지고 부서져 만신창이가 되는 낙엽의 아
픈 마음을 대변하는 것 같다. 말 못 하고 생명이 다 해서 나무에
서 떨어져 부토가 될 낙엽이지만 그가 파랗던 그 여름날 예쁜 모

습으로 작은 바람에도 살랑살랑 춤을 추던 모습으로 가을날 노랗게 빨갛게 익어 우리들 마음속에 출렁이던 그 아름다운 모습은 어디로 가고 이제 생명이 다하여 땅에 떨어진 채 사람들에 의해 망가지는 그 모습이 애틋하여 속상해서 안타까운 마음을 한 편의 시로 나타낸 듯하다.

'등산화에 짓이겨져 토설하는 비명소리' 이 한 구절에서 낙엽이 어떻게 부서져 가는지 상상이 간다. 그러나 어쩌랴. 사람이 지나는 길목에 떨어진 것을, 설사 계곡에 떨어졌다 해도 시간이 가면 부토로 변할 것이지만 그래도 시인은 그 예쁘고 아름다웠던 낙엽이 사람들에게 잔인하게 짓밟히는 것을, 힘없는 사람이 힘 있는 자에게 그렇게 당하는 것이 안타깝다는 심정으로 표현했을 것이다. ②에서는 덕봉산의 아름다운 봄날 한 장 그린 것 같다. ①과는 대조적으로 봄바람에 복사꽃이 핀다. '봉오리마다 뾰송뾰송/솜털 사정없이 봄빛에 떨궈 내더니' 봄이 되어 꽃이 피려는 모습을 능동적으로 나타내고 있다. 또한 '산 아래 양지 모퉁이/ 아직도 시린 바람 사나운데/ 뾰족이 얼굴 들이민 도라지 새싹'에서 보듯이 아직도 바람이 찬데 양지쪽 한 귀퉁이에선 도라지꽃이 피는 것이 보인다는 것이다. 이는 봄이 되면 보이는 아름다운 현상 중의 하나이다. 이는 봄에만 볼 수 있는 새로운 생명들의 움직임이다. 시인은 이런 작은 움직임 하나에서도 생명의 존귀함을 알고 아름다운 시 한 편을 통하여 봄을 노래하고 있다.

3. 덕봉산에 숨어 있는 서정시를 찾아서

덕봉산에 오르자
바람 그림자는 흔적을 남긴다
그게 당신이 보낸 방법이라도 되는 듯
코 앞에 보이는 땅덩이가 내 것인 냥
네 발 뻗고 안방 차지한 상수리란 놈도
여름 내내 입었던 털모자마저
미련 없이 팽개친다

봉우리 오를수록
분노는 우리 얼굴을 치고
그의 날개로는 미지의 세계로 데려가
원점으로 돌려놓는
당신이 만들었던 방법
나는 지금도 네가 존재하는지 궁금하다

산 구름조차 어젠 내 주변을 서성이더니
소용돌이 속에서 계속 돌고 돌아
같은 사다릴 탄 너는 어디로 가는지?

산정에 선다
그리고 나신裸身을 돌아볼 기회를 얻고 보니
오늘도 어김없이 같은 곳으로 맴돌아
왔다는 걸 발견하게 한다

행복이 있기에
사랑도 할 수 있다는
널 처음 본 그곳
기대해도 좋다

- 「산정 2」 전문

　이 시속에는 시인이 말하고자 하는 오묘한 진리가 숨어 있다. 가을쯤에 산을 올라 덕봉산 산정에서 세상 알아본다. 탐실하게 익어 가던 상수리란 놈이 어느새 모자를 단단히 썼는데도 툭 하고 땅으로 떨어진다. 세월 이기는 장사 없다고 그 풋풋하던 젊은 시절의 힘이 다해서 이젠 매달릴 힘조차 없어 툭하고 떨어지는 것이다. 봉우리 오를수록 분노는 우리 얼굴을 치고 그의 날개로는 미지의 세계로 이어 가 원점으로 돌려놓았던 방법, 산 정상에서 만났던 구름 한 조각 물안개가 지금은 어디론가 가버리고 내가 산정에 오른 것은 흐르는 구름을 따라왔거늘 그들은 지금 어디로 갔는지 보이지 않는다. 분명한 것은 나는 지금 이 산정에서 나를 다시 한번 돌아보고 내가 갈 곳을 다시 찾아본다. 그곳이 진정한 내 사랑이 있고 내 쉼터이고 내 행복이 존재하는 곳이기에 그렇다. 그러나 나는 오늘도 진정한 나를 찾아 다시 산정으로 향한다. 내가 산정으로 향하는 목적, 왜 그곳이어야만 하는가를 외치는 자아 성찰의 시다.

　이승구 시인의 시는 덕봉산으로 시작해서 덕봉산에서 끝난다. 덕봉산 속에는 이 시인의 시적 재산이 무궁무진하다. 모진세월 산을 오르내렸으니, 그건 당연한 이치인지도 모른다. 덕봉산의 매력은 시적 소재만 풍부한 것이 아니라 인생의 희로애락이 숨어 있어 평생을 살아가며 함께 하는 친구이자 스승이기에 할 이야기도 많고 보고 듣고 오르는 가운데 곁에 있던 나무와 풀, 꽃, 바위 등 수많은 것들로부터 글을 쓸 수 있는 꺼리들을 만들어 낼 거다. 이 시인의 덕봉산 시를 읽으면 두보나 이백이 깊은 산속에서 자연을 관조하며 시를 지었을 것과 연관을 지어 본다. 나라와 시대적 배경은 다르겠지만 시를 짓고 인생을 살아가는 방법은 비슷했을 테니까 자연 속에서 새로운 세계를 찾고 발견하고 창조해 나가는 이 시인의 생활방식은 서정성을 추구하는 그와 맥락이 통함과 동시에 비슷하다고 할 수 있다. 또한 이 시인의 시에 대한 진지함과 태도는 우리가 본받을 만하다고 생각한다. 이 시인의 예산과 덕봉산, 그리고 주변 사람들을 소재로 인생을 살아오면서 겪은 일들을 시로 써서 펼쳐 놓은 것은 참 아름다운 일이라고 할 수 있다. 이는 누가 뭐라 해도 나만의 성을 쌓아 놓고 만들어 놓고 가는 것이기 때문에 우리는 내 인생의 역사의 한 페이지 속에 나만의 성을 쌓아 놓은 것을 풀어 하나의 전집 속에 묶어 넣을 필요도 있다고 생각한다.

일제시대를 거쳐 6·25 동란을 겪으면서 우리나라는 극한 상황에 처해 있게 되었다. 이때 나타난 것이 시인들이다. 일제 때 윤동주, 이상화, 한용운, 김동환 등 민족자존의 길을 가는데 앞장섰던 시인들과 6·25를 거쳐 현대로 이어 오면서 최남선을 비롯한 모윤숙과 김소월, 김영랑, 서정주, 박목월, 박두진, 조지훈으로 이어지는 기라성 같은 시인들이 있어 우리 민족의 자존감과 잠재력을 발휘하는데 큰 기여를 했고 그들이 있었기에 지금도 그것이 밑바탕이 되어 한국 시의 지평을 이어오고 있다고 해도 과언이 아니다. 그리하여 지금은 경향 각지에서 수많은 시인이 활동을 하고 있고 이승구 시인 역시 그 일원으로서 예산 지역

을 중심으로 내포 문학권을 단단히 하는데 커다란 기여를 하고
있음에 감사할 일이다.

　이승구 시인의 『빈천지교』를 읽으며 어렵고 힘든 시절 함께
했던 사람을 좋은 추억으로 기억하며 작품의 부분부분 속에 그
려 넣어둠으로써 이를 읽는 많은 사람이 그 시절을 함께 기억
해 주고 함께 사랑해 주기를 기원해 본다. 이는 매우 아름답고
도 감사한 일이기 때문이다. 따라서 이승구 시인이 앞으로 더 좋
은 시를 쓰고 더 큰 시인으로 거듭나기를 기원하며 시집 『빈천
지교』가 많은 사람들에게 읽히고 오래도록 아름다운 추억으로
남겨지길 기원한다.